I] 48.
Lo 1780.

DISCOURS

SUR

LA NAISSANCE DE S. A. R. MONSEIGNEUR

LE

DUC DE BORDEAUX,

PRONONCÉ LE 6 MAI 1821,

DANS

L'ÉGLISE DE NOTRE-DAME DE LA RÉAL,

PAR M. L'ABBÉ GALLAY,

Professeur de Philosophie au Collége de Perpignan.

Post tempestatem, tranquillum facis :
et post lacrymationem et fletum,
exultationem infundis.

Tob. C. 3.

A PERPIGNAN,

Chez J. *Alzine*, Imprimeur de S. A. R. Monsieur, frère du ROI.

1821.

DISCOURS

SUR

LA NAISSANCE DE S. A. R. MONSEIGNEUR

LE

DUC DE BORDEAUX.

Convertisti planctum meum in gaudium mihi.... et circum-dedisti me lætitiâ.

Vous avez changé mes gémissemens en réjouissance.... et vous m'avez environné de joie. *Ps.* 29.

En pleurant la mort d'un Bourbon, il nous semblait pleurer la mort de tous les Bourbons ensemble. Du sein d'une nuit désastreuse, un rayon consolateur d'espoir avait bien pu tempérer notre douleur; notre amour l'avait saisi avec empressement ; mais, hélas! la crainte venait bientôt troubler cette douce jouissance ! Déjà l'espérance semblait devoir s'évanouir et nous abandonner, en quelque sorte malgré nous-mêmes. Mais celui qui donne la mort, et qui ressuscite (1), nous réservait, de toute éternité, dans la plénitude de ses richesses, le chef-d'œuvre de sa miséricorde. Vainement le génie du mal avait-il soufflé sa haine dans le cœur de ses suppôts ; vainement le glaive du crime était-il déjà levé. .. Que peuvent et la terre et l'enfer conjurés ensemble, contre celui qui fait tomber à ses pieds et le ciel et l'enfer et la terre ? L'arbitre souverain de la destinée des hommes avait marqué de son sceau l'enfant de sa clémence, il n'a fait que se montrer ; d'un seul de ses regards, il a renversé ses ennemis,

(1) Deducis ad inferos et reducis. *Tob.* 13.

il les a dispersés comme un tourbillon de poussière
que le vent chasse devant lui (1). Il a ordonné à la
terre de donner son fruit. Un enfant nous est né ,
un fils nous a été donné..... (2). L'enfer en a frémi ,
gemens infernus ululat (3). Le ciel en a poussé un
cri de joie, *cœlum laudibus intonat* (4). L'Europe
entière en a tressailli d'allégresse, *mundus exultans
jubilat* (5). Tant il est vrai, Seigneur ! que vous
frappez toujours dans votre miséricorde, et que les
traits de votre justice sont toujours dirigés par votre
clémence ! *Cùm iratus fueris , misericordiæ recor-
daberis* (6). Ah ! Si Job chargeait autrefois de malédictions la nuit où il fut dit : un homme a été conçu,
*pereat nox in quâ dictum est conceptus est
homo* (7). Béni! m'écrierai-je, mille fois beni soit le
jour où le bronze pacifique anticipa notre réveil,
non pour être, comme autrefois, le signal de l'alarme
et de l'épouvante , mais pour annoncer à tous les
vrais amis de la monarchie que la France avait un
Bourbon de plus , et aux ennemis du Trône que
leur règne était fini , *impietas furiosa cessit* (8).
Et qui ne verrait, en effet , chrétiens, dans le
Royal Enfant que le ciel nous envoie , et le gage
précieux de sa paix avec nous , et le présage consolant des nouveaux bienfaits qu'il nous prépare,
et l'immortalité de ce Trône antique tant de fois
ébranlé par l'impiété, sans cesse menacé par l'anarchie? Oui, je le dis avec confiance, le grand événe-
ment qui a comblé nos vœux , est la perfection
de l'amour d'un Dieu, un prodige de sa toute-
puissance.

1.º Remontons, par la pensée, à cette nuit d'exé-
crable mémoire qui couvrit de son ombre le plus

---

(1) Tanquàm pulvis quem projicit ventus à facie terræ. Ps. 1.
(2) Parvulus natus est nobis ; et filius datus est nobis. Isaï. 9.
(3) Hym. (4) Hym. (5) Hym.
(6) Habac. 3. (7) Job. 3. (8) Hym.

lâche des forfaits, et, dussions nous mêler les larmes
de la douleur aux larmes de la joie, représentons-
nous cette scène de deuil et de désolation qui
fit frémir d'horreur le ciel et la terre. Que vois-je !
Une épouse désolée soutenant dans ses bras chance-
lans un époux qui va bientôt cesser de l'être, arro-
sant de ses pleurs un époux qui ne l'arrose que de
son sang, tantôt tourmentée par une incertitude
désespérante, tantôt saisissant avec empressement
une faible lueur d'espoir qui brille à ses yeux,
mais qui bientôt diminue, qui s'enfuit, qui se
dissipe, et qui n'est, hélas ! remplacée que par
l'aspect désolant de la mort. Ah ! qui pourrait
peindre, dans cette fatale extrémité, et ses embras-
semens et ses transports, et ce continuel combat
d'inquiétudes dévorantes et d'espérances timides ?
Et comment au milieu du trouble qui l'agite, de
l'indignation qui la soulève, de la désolation profonde qui l'accable, pourra se conserver le germe
précieux qu'elle recèle dans son sein ? Mais, aurais-
je donc oublié, Seigneur, que vous êtes celui qui
frappe et qui guérit (1) ? Non, grand Dieu, votre
bras tout-puissant n'est pas raccourci, votre amour
n'est pas épuisé, et si autrefois il a pu rappeler à
la vie, et rendre à une veuve affligée le fils unique
qu'elle pleurait, il pourra bien aujourd'hui rendre
à l'Europe entière celui qu'elle pleure encore, en
lui donnant le Royal Enfant qu'elle sollicite de votre
miséricorde. Oui, Seigneur, vous le lui donnerez :
et il me semble déjà que j'entends de votre bouche
paternelle ces paroles consolantes : VOUS ÊTES MON
FILS, C'EST MOI-MÊME QUI VOUS AI ENGENDRÉ....

Mais, faudra-t-il, ô Dieu de bonté, que cette
infortunée Princesse ignore l'arrêt de vie que votre
clémence vient de prononcer ! Seigneur, vous dit-

---

(1) Percutiam et ego sanabo. Deut. 32.

elle en soupirant; Seigneur , voyez mon affliction.
L'ennemi a porté sa main sur ce que j'avais de plus
cher ; j'ai vu périr dans mes bras celui qui fesait
mon bonheur , et qui devait un jour faire toute
ma gloire. Un Trône m'attendait , et le crime m'en
précipite ; n'aurai-je plus pour toute consolation
qu'un veuvage sans espérance ? Déjà les flots de la
tribulation ont inondé mon ame ; je suis enfoncée
dans la profondeur de l'abyme , et ma douleur est
grande comme la mer (1).

Ah ! Console-toi, vertueuse Princesse, tes vertus
ont fixé les regards du ciel ; l'Eternel a contemplé
en toi l'objet de ses complaisances , sa colère vient
de t'immoler au glaive de sa justice ; son amour va
te lancer dans les bras de sa miséricorde. Déjà la
religion t'a prodigué ses consolations ineffables ,
bientôt le ciel va te prodiguer ses ineffables douceurs.

Ouvrez-vous , portes éternelles , *attollite portas
principes vestras, et elevamini portæ æternales* (2).
Et vous , père des Français , bienheureux Louis ,
descendez des voûtes célestes ! Venez , le livre de
l'éternité à la main , annoncer vous-même à votre
fille en pleurs le doux et consolant avenir que la
bonté d'un Dieu lui prépare. Dites-lui, comme
autrefois Gabriel à Marie : *noli timere,* ne craignez
pas, nouvelle Esther , vous avez trouvé grace,
non pas aux yeux d'un autre Assuérus , mais aux
yeux de Dieu même , vous enfanterez un fils,
paries filium. (3)

Le ciel a parlé , déjà les larmes de la douleur
ont fait place aux larmes de la joie, plus de crainte,
plus de sollicitude, plus de trouble, plus d'anxiété;
on dirait que la Princesse assistait au conseil

(1) Magna est velut mare contritio tua. Thren. 2.
(2) Ps. 23   (3) Luc. 1.

suprême de la Divinité, lorsque la sagesse éternelle porta le décret de salut qui devait faire son bonheur et le nôtre.

A Dieu ne plaise, toutefois, chrétiens, que je prétende frayer ici les voies au fanatisme et à la superstition, en justifiant toute espèce de visions et de songes. Je sais que l'ange de ténèbres se transforme quelquefois en ange de lumière, je sais que l'homme peut prendre pour vision surnaturelle ce qui n'est que le rêve d'une imagination en délire; mais je sais aussi qu'il est des songes qui viennent de Dieu, et qui portent avec eux un caractère propre qui les distingue (1). Or, qui pourrait méconnaître, dans le songe de la Princesse, l'expression manifeste de la volonté Divine? Déjà la reconnaissance et l'amour lui ont dicté ce cantique d'actions de graces que l'Eglise met dans la bouche de ses enfans ; déjà son ame, comme abymée dans les perfections de son Dieu, en a proclamé les faveurs, exalté la puissance, adoré les miséricordes. Déjà son esprit a tressailli d'allégresse, mais, tout absorbée qu'elle est dans la joie, ce n'est pas en elle-même, ni pour elle-même qu'elle se réjouit, mais en Dieu son Sauveur. Elle sent tout le prix du bienfait qu'elle reçoit, mais la vue de la gloire que va lui donner une nouvelle maternité, n'excite d'autre mouvement dans son cœur que celui d'une tendre et vive gratitude. Elle invite les générations futures à publier son bonheur, mais elle avoue en même temps sa bassesse, elle confesse tout à la fois son néant, et les louanges qu'elle paraît se donner sont autant d'hommages qu'elle rend à l'adorable principe de tout don parfait. Sa joie est pure, elle est

_____

(1) On connaît qu'ils viennent de Dieu, lorsqu'ils proposent un bien évident et laissent l'âme tranquille, humble et fervente. *Rituel de Toulon.*

A 4

vive, elle est pleine, mais son ame est dans la paix; tout ce qui est en elle se porte à Dieu, attraits, sentimens, tout se réunit en Dieu.

O sublime Princesse ! Comme le Prophète, vous avez attendu le Seigneur ; comme le Prophète le Seigneur vous a exaucée. Vous baisâtes avec résignation la main d'un père qui vous châtia, vous bénissez avec reconnaissance la main d'un père qui vous couronne. Le sacrifice de vos prières et de vos larmes est monté, comme l'encens, jusqu'au Trône éternel. Le Seigneur a été témoin de votre douleur, il a écouté vos gémissemens, il a compté vos soupirs ; il vous avait accablée des traits de sa justice, il va vous accabler des bienfaits de sa miséricorde. En frappant sa victime, l'impie avait cru frapper une race toute entière, mais le Dieu de Saint-Louis a confondu ses desseins. Vous l'enfanterez, ce fils de la promesse, il viendra ce désiré des Nations, et son existence seule sera un règne. L'anarchie en frémira, l'impiété en séchera de rage; et, comme cet empereur apostat, qui jetait avec insulte son sang vers le ciel, peut-être, dans le délire de sa fureur, poussera t-elle, à son exemple, ce cri de désespoir : Nazaréen, tu as vaincu, *vicisti Nazaree* !

2.° Mais, qu'ai-je dit ! Qu'entends-je ! Quelle voix menaçante vient de frapper mon oreille ! Nous ne voulons pas que cet enfant règne sur nous : venez, brisons leurs chaînes, secouons leur joug, exterminons-les du milieu du peuple, *disperdamus eos de gente* (1).

Grand Dieu ! Lorsque l'impie Sennachérib allait assiéger la Ville sainte, vous lui fîtes sentir la force de votre droite, maintenant l'ennemi s'apprête à

_____

(1) Ps. 82.

dévorer la maison de Jacob, et vous souffrirez qu'il remporte son infame triomphe ? Ne seriez-vous donc plus le Dieu puissant dans les combats, *Dominus potens in prœlio*(1) : ou plutôt , la source de vos miséricordes serait-elle donc tarie pour la France, et serions-nous condamnés à voir écraser sur nos têtes le vase de vos malédictions ? N'était-ce donc pas assez, de cette grande victime que l'impiété venait d'immoler à l'anarchie ? Faudrait-il encore à vos vengeances des victimes nouvelles? Ah ! Considérez, Seigneur , le mal que ces impies ont fait en Israël. Ils ont humilié votre peuple, désolé votre héritage, souillé vos temples , egorgé vos ministres. Les voilà tout couverts encore de leur iniquité. C'est contre vous qu'ils conspirent; c'est contre vos Saints qu'ils conjurent , les voilà ceux qui vous haïssent, et qui lèvent leurs têtes insolentes , *ecce qui oderunt te extulerunt caput* (2). Rompez donc votre silence , ô mon Dieu ! Réveillez-vous , Seigneur ! Sauvez-nous, nous périssons; et vous, infortunée Princesse, fuyez une terre d'anathème , fuyez, comme Marie, dans une nouvelle Egypte , le crime vous poursuit, il est prêt à frapper , déjà , déjà !!!... Mais non.... Que votre présence atteste l'impuissance du crime et la toute-puissance de celui dont il est écrit: « *Qui pourra vous résister*(3) » ? La voix de l'impiété est parvenue jusqu'aux cieux ; l'Eternel a parlé, et il a dit :

Lorsque les péchés de mon peuple m'ont forcé à le visiter dans ma colère , j'ai retiré ma main , je l'ai abandonné à lui-même. J'ai permis à l'enfer de châtier la terre. L'impiété a été le ministre de mes vengeances ; elle brisa contre terre un Trône que mon amour avait élevé ; elle porta sa main sur

(1) Ps. 23. (2) Ps. 82. (3) Ps. 75.

mon Christ, elle profana mon sanctuaire, elle abolit mes fêtes, elle souilla mes sacrifices. Son règne fut un règne de sang; tous ses pas furent marqués par des traces de sang. Elle croyait que j'étais rentré pour jamais dans mon repos, et que je lui avais abandonné l'empire de la société ; mais j'avais marqué un terme à ma justice et des bornes au crime. Je lui dis, comme autrefois à la mer : tu viendras jusqu'ici, et tu n'iras pas plus loin, *usquè hùc venies, et non procedes ampliùs* (1), et là.... là.... viendront se briser les flots de ta rage, *et hìc confringes tumentes fluctus tuos.* Cependant des péchés nouveaux provoquèrent de nouveaux châtimens. Je réservais encore des afflictions à mes élus, et des épreuves à mon Eglise Un homme parut, redoutable instrument de mes vengeances, impitoyable exécuteur de mes arrêts. Il gouverna, avec une verge de fer, un peuple qui n'était pas le sien ; il brisa, comme on brise un vase d'argile, une nation que je ne lui avais pas donnée ; il porta chez les Rois ses voisins l'épouvante, la désolation, le deuil et la mort ; et, sur les débris des Trônes qu'il avait fait crouler, il éleva des Trônes nouveaux. Les nations frémirent de stupeur en sa présence ; la terre se tut devant lui, et dans le délire de son orgueil insensé, il dit au fond de son cœur : JE SUIS TOUT-PUISSANT...... Mais moi, qui suis le Roi des Rois, et le Seigneur des Seigneurs, moi, pour qui tous les potentats du monde ne sont que poussière et néant, je me moquai de sa toute-puissance ; je soufflai sur lui, et il disparut.... J'allai chercher dans une terre étrangère, une famille que l'anarchie avait proscrite ; je la ramenai moi-même dans son ancien héritage, et je lui dis règne.... Cet

(1) Job. 3.

ouvrage de mon amour ne put convertir mon peuple. L'ingratitude me refusa le tribut d'hommage qui m'était dû. Le crime souilla de nouveau une terre que je venais de bénir. Mon Eglise fut humiliée, mes Prêtres tombèrent dans l'opprobre et la confusion, et moi, je fus livré aux insultes de l'impie. Ma colère s'alluma ; je jurai dans ma fureur de m'en venger d'une manière éclatante ; je tirai l'épée du fourreau, et je tuai le juste et l'impie..... Tout Israël fut dans les pleurs ; des cris lamentables se firent entendre : les entrailles de ma miséricorde en furent émues, et je dis à ma justice, c'est assez. Les larmes de la fille des Rois touchèrent mon cœur paternel ; je résolus dans ma clémence de lui faire connaître ma volonté souveraine. Un fils lui fut promis ; le crime le poursuivit avant sa naissance ; mais j'avais ordonné à mes anges de le conserver dans toutes ses voies. L'enfant de ma droite a triomphé de la mort, le crime a été vaincu, et, malgré son impuissance, il croirait consommer son ouvrage ? inutiles efforts ! J'ai promis un fils à la France, et la France aura un fils. Je suis le Seigneur, et je ne change point (1). Terre ! ouvre-toi, c'est ton Dieu qui te l'ordonne. Terre ! ouvre-toi, et enfante ton Sauveur.

Alleluia, gloire à Dieu. Le voilà donc, vous dirai-je avec Samuel, le voilà donc, Français ! celui que vous appeliez de tous vos vœux, *Nunc ergò præstò est quem petistis* (2). La voilà cette pierre angulaire qu'on avait sacriégement réprouvée, et sur laquelle, en dépit des factions, doit reposer un jour l'édifice social de la France. Ah ! si ces voûtes sacrées retentissaient naguère des accens de la pitié et du cri

_____

(1) Ego Dominus et non mutor. Malach. 3.
(2) Lib. 1. Reg. 12.

de la douleur, qu'elles ne retentissent aujourd'hui
que de chants de triomphe, des bénédictions de la
reconnaissance, des vœux de l'amour, et des accla-
mations de la joie. *Alleluia*, gloire à Dieu. C'en
est fait; l'heure dernière va sonner pour l'anarchie;
et bientôt on ne parlera d'elle que pour dire : elle
fut. *Alleluia, gloire à Dieu*. Que le crime se retire
donc confus; qu'il aille cacher dans la poussière la
honte de sa triple défaite. Le lion de la tribu de
Juda a vaincu. *Vicit leo de tribu Juda* (1)

Mais quoi! Seigneur! n'aurais-je que des ana-
thèmes à lancer contre vos ennemis? Et qui suis-je,
pour oser repousser ceux que la voix de votre
miséricorde sollicite sans cesse? Ah! non, Seigneur!
Je ne trahirai pas le ministère de douceur que vous
m'avez confié. C'est au feu de l'amour que j'allu-
merai mon zèle. C'est à la charité que j'emprunterai
mon langage. J'appellerai sur mes frères errans les
trésors de votre clémence, je consentirai, s'il le
faut, comme un autre Moyse, à être effacé du
livre que vous avez écrit (2), pourvu que vous les
rameniez dans les sentiers du salut éternel. Hélas!
vous le voyez, Seigneur! L'ivresse de l'impiété les
fait chanceler dans leurs voies (3); ils sont emportés
par cet esprit de vertige et d'erreur (4) dont votre
justice se plait à frapper ceux qui méconnaissent
votre puissance. Mais vous dont la parole brise les
cèdres (5), vous qui tenez dans vos mains le cœur
des nations et des rois, faites leur entendre le cri

(1) Apoc. C. 5.

(2) Aut dimitte eis hanc noxam, aut si non facis, dele me
de libro tuo quem scripsisti. ℣ Exod. C. 32.

(3) Moti sunt sicut ebrius. Psal. 106.

(4) Dominus miscuit in medio ejus spiritum vertiginis. Isaï.
C. 19.

(5) Vox Domini confringentis cedros. Ps 28.

de votre grace, qu'éclairés comme Paul par un rayon de votre lumière divine, ils ouvrent enfin les yeux à la vérité, le cœur à la foi, et qu'abjurant pour jamais ces vœux sacriléges qui les dévorent, ces espérances coupables qui les tourmentent, ils ne forment avec nous qu'une seule famille réunie dans un même esprit, sous le sceptre paternel, par le lien de la paix et de la véritable fraternité. Tel est mon vœu, Seigneur! Mais ce n'est pas là la seule grace que j'aie à vous demander.

Grand Dieu! naguère la religion en pleurs, accompagnée des trophées de la mort, venait déposer aux pieds de votre justice le tribut d'une douleur profonde; aujourd'hui toute radieuse de gloire, toute pleine de ses destinées futures, elle vient environnée des pompes de la joie, déposer aux pieds de votre miséricorde le tribut d'une profonde reconnaissance. Assez et trop long-temps elle a gémi sous l'oppression; assez et trop long-temps elle a été le jouet de ses ennemis. Elle élève maintenant vers vous des regards pleins de confiance; et s'il fallait provoquer les bienfaits de votre clémence par le souvenir de ses malheurs passés, elle vous montrerait, en soupirant, les débris de son sacerdoce, la dépopulation de son sanctuaire, la licence de ses enfants, et elle vous dirait avec l'infortunée Sion : Seigneur! ma plaie est grande. *Pessima plaga mea* (1). Vous la consolerez donc, ô mon Dieu! parce que vous êtes bon. Que dis-je! Déjà vous l'avez consolée, en offrant à sa douleur un avenir si riche d'espérances. Achevez donc votre ouvrage, Seigneur! *Confirma hoc Deus quod operatus es in nobis* (2). Relevez les murs de Sion, multipliez la race sainte; faites descendre du haut des cieux la

---

(1) Jér. C. 10.   (2) Ps. 67.

rosée de votre grace, et que la terre ne donne plus que des fruits de sanctification et de salut. Réservez vos bénédictions les plus abondantes pour ce Royal Enfant que vous nous avez donné dans votre miséricorde; qu'il soit le gage de la réconciliation de la France avec elle-même, comme il est le gage de votre réconciliation avec nous. L'Eglise vous l'a consacré par les mains de son Pontife; vous l'avez reconnu pour votre enfant; vous avez imprimé sur son front le sceau de votre adoption sainte. Qu'enrichi de tous les dons de votre Esprit, il soit le chef-d'œuvre de votre grace, comme il est déjà le chef-d'œuvre de votre miséricorde; qu'il croisse en âge et en sagesse; qu'il parvienne jusqu'à l'état de l'homme parfait, et que nous puissions, un jour, dire de lui, dans la plénitude de notre joie, ce qu'Israël disait autrefois de Joas dans les transports de sa reconnaissance : *Vivat Rex* (1), VIVE LE ROI !

_____

(1) Lib. 4. Reg. C. 11.

FIN.

www.ingramcontent.com/pod-product-compliance
Lightning Source LLC
Chambersburg PA
CBHW061424170626
46811CB00005B/2114